KB096548

오늘도 ___。___ 사랑해요

오늘도, 사랑해요

발 행 | 2022-2-7
공동저자 | 희망찬봄이네·이우·꽃자리·오일·이레나·패턴그리는N잡러·백승진·아트혜봉·신수연·꽃마리쌤
기획·디자인 | 꽃마리쌤
펴낸이 | 한건희
펴낸곳 | 주식회사 부크크
출판사등록 | 2014.07.15(제2014-16호)
주 소 | 서울 금천구 가산디지털1로 119, A동 305호
전 화 | 1670 - 8316
이메일 | info@bookk.co.kr

ISBN | 979-11-372-7310-8

www.bookk.co.kr

오늘도 _____ 사랑해요

희망찬봄이네 · 이우 · 꽃자리 · 오일 · 이레나 · 패턴그리는N잡러 · 백승진 · 아트혜봉 · 신수연 · 꽃마리쌤

오늘도시리즈
두번째

작가님들과 21일동안
카톡방에 쓴 글이 책이 되었습니다.

글을 공유하며 서로가 위로가 되어주는
소중한 시간이었습니다.

당신의 . 기록이 . 책이 . 됩니다

쓸수록 힘이 나고,
매일매일 행복해지는
한 줄의 기적

당신의 . 이야기가 . 책이 . 됩니다

차례

×

오늘도 ＿＿＿ 사랑해요

희망찬봄이네 지음

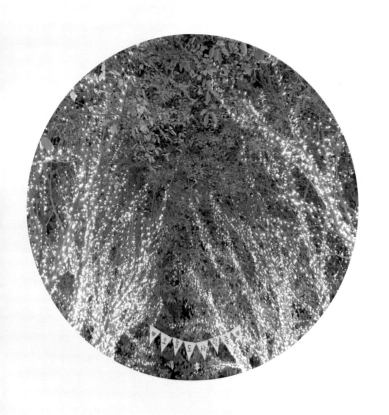

오늘도시리즈
두번째

PART 1

오늘 하루를 살아가는

나에게

희망찬 봄이 네

×

선물처럼 주어지는 매일 매일의 새로운 아침이 감사했습니다.
오늘 하루를 살아가는 나에게 힘을 주고 싶었습니다.

2022. 1. 10

아들의 중학교 졸업을 축하하는 꽃다발.
오늘부터 시작하는 나의 새로운 출발에도 선물하고 싶다.
서로의 삶을 응원할 수 있는 오늘을 감사해~

2022. 1. 11

수경재배하는 싱고니움이 연한 새싹을 틔웠다.
물주기가 다였는데 식물은 새로운 생명을 잉태했다.
오늘 하루 나의 작은 움직임이 언젠가는
풍성한 열매로 돌아올 것을 믿는다.

2022. 1. 12

회색빛 쌀쌀함이 느껴지는 오늘,
지난 가을 화사한 따뜻함이 가득했던
숲길을 떠올리며 추위를 달래본다.

내 마음의 온기를 유지시켜준다면
그게 무엇이든 감사하게 느껴질 것 같은 오늘 하루~

2022. 1. 13

가방 메고 가벼운 발걸음으로 걷는 산책길.
너의 뒤엔 언제나 내가 있음을 믿기에 너는 두렵지 않을거야.
그 믿음을 지킬 수 있는 내가 되기 위해
오늘 하루도 힘을 내본다.

2022. 1. 14

나란히 앉은 뒷모습만 봐도 울컥해지는 나는 울보 엄마.
서로 맞잡은 너희의 두 손은 오늘 하루 내가 살아가는 이유가 된다.
그 손, 꼭 붙잡고 서로에게 위로가 되기를.

2022. 1. 15

갯벌 끄트머리에 보일듯말듯한 바다였어도
푸른 파도를 상상하며 즐겁고 행복했다.
겨울이 손잡고 올 따뜻한 봄을 기다리며
오늘 하루도 평온하길.

2022.1.16

힘든 날이면 달콤한 디저트 같은 휴일을 기다린다.
잡고 있던 긴장의 끈을 놓고
푹신하고 부드러운 휴일에 내 몸을 맡긴다.
깃털처럼 가벼운 오늘 하루가 되길 바라며.

2022. 1. 17

인생의 희로애락이 별빛이 되어 나무에 내려왔다.
찬란한 나무 숲길을 걸으며 황홀해서 눈물이 났다.
나의 눈물이 다시 별빛이 되길 바라며
오늘 하루도 아름다운것만 생각하길.

2022. 1. 18

호수는 하늘을 담고 있었고 하늘은 호수를 품어 주었다.
그 모습을 바라보는 나는 하나의 점이었다.
넉넉한 자연 안에서 늘 위로를 받는 나.
오늘 하루도 겸손하길.

2022. 1. 19

네 앞에 놓인 희망찬 미래를 함께 기대할 수 있어서
오늘 하루도 감사해.
네 옆을 스쳐가는 작은 아름다움에도 마음을
기울일 줄 아는 세심한 네가 되길 바라며.

2022. 1. 20

율마가 처음 우리집에 왔을때의 모습.
풍성한 지금의 네 모습에 미처 잊고 있었던
작고 청초했던 너의 어린 날.
저마다의 가슴에 자리잡고 있는 여리고 작은 아이가
오늘만큼은 사랑으로 따뜻해지길.

2022. 1. 21

무언가를 찾는 너희들의 반짝이는 마음과
맑고 시원한 개울물 소리가 합쳐져
푸르른 여름날의 추억이 되었다.
그날 우리의 웃음소리가 귓가에 들리는 듯해
더 그리운 시간들.

넓은 해바라기밭과 높은 언덕,
파란 하늘을 사진에 담을 수 있어서 감사했던 그날.
사진을 찍는다는 건 내가 원하는 시간으로 돌아갈 수 있는
추억의 버튼을 저장하는 일이다.

2022. 1. 23

누군가의 뒷모습을 찍는다는 건
그 사람의 애틋함을 건드는 일.
붉어진 눈시울에서 사랑을 확인했다.
사랑한다면 그의 뒷모습을 눈물없인 볼 수 없으리라.

2022. 1. 24

하늘에 떠있는 흰구름 하나.
어디로 가다가 길을 잃어버린걸까.
외로이 남겨진 그 모습에 그냥 지나칠 수 없었던 쓸쓸한 나의 마음.
홀로 있어도 충만한 오늘 하루가 되길 바라며.

2022. 1. 25

조금 천천히 가도 괜찮아.
느리게 가도 괜찮아.
너에게로 가는 내 마음도 느긋해질게.
서두르지 않을게.
우리 행복하자.

2022. 1. 26

낡고 촌스러운 것이 나의 유년시절을 풍성하게 했다.
시장 한편에 자리잡은 소중한 나의 추억들.
너무 멀리 와 버렸지만 손에 잡힐까하여 보고 또 본다.

2022. 1. 27

넓고 평탄한 산길이 있다는게 얼마나 감사했는지,
작년 여름 우리는 나무 그늘 아래를 신나게 걸었다.
아무도 모르는 우리만의 아지트로 삼고 싶을만큼
청량했던 그 곳을 떠올리며.

2022. 1. 28

버려진 나뭇가지들 사이에 소담스레 피어난 들꽃들.
주변 환경에 굴하지 않고 제 몫을 해낸다.
그 예쁜 모습에 힘이 난다.
오늘 하루 나도 내 몫의 꽃을 성실히 피울 것을 다짐한다.

2022. 1. 29

산과 산을 연결하는 출렁다리.
내 마음도 흔들리지만 꼭 붙잡고 너에게로 간다.
너와 나의 마음이 초록빛 무성함을 닮아 있다면
우린 곧 시원한 그늘 아래서 쉴 수 있을거야.

2022. 1. 30

오렌지색 꽃, 빨간 파라솔, 초록 식물, 파아란 하늘, 흰색 구름.
알록달록 선명한 저 풍경처럼 내 마음도 다양한 색깔로 가득해지길.
다채로운 꿈이 만들어갈 나의 아름다운 삶을 응원해~♡

희망찬 봄이네

오늘도 _____ 사랑해요

이우 지음

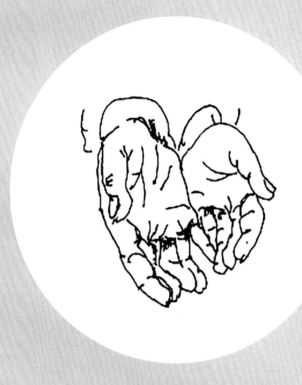

오늘도시리즈
두번째

PART 2

반백의 마음,

도덕경을 그리다

이 우

×

동양의 고전 중 가장 시적이고
상상력을 자극하는 도덕경을 읽으며
아티스트 웨이 도구인 모닝페이지를 새벽마다 쓰고 그림을 그리다.
자기 치유와 창의성 회복을 돕는 21일간의 자기 기록이다.

나를 그리다.

2022. 1. 10.

2022. 1. 10

겹겹이 둘러싸인, 꽁꽁 묶어놓인 듯한 일상(日常),
하지만 매일 매일이 선물이라는 사실을 아는 사람은
밝은 사람입니다.
(복명왈상復命曰常, 지상왈명知常曰明)

-<동아시아 도덕경>을 읽고

심은 그래가

2022. 1. 11.

2022. 1. 11

나이 반백을 넘겨, 내 손에 쥐어진 것은 무엇일까요?
지금까지 매일매일 배워서 자신을 채워왔다면,
이제 하루하루 덜어내는 지혜로움을 생각해 봅니다.
(위학일익 爲學日益, 위도일손 爲道日損)

-〈동아시아 도덕경〉을 읽고

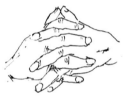

착하게 오래라

2022.1.12.

2022.1.12

자기 자신을 잘 안다는 것은
자기의 자리를 잃지 않는 것,
기도하듯이 일상을 지키는 것입니다.
지혜로운 사람은 이것을 잊지 않습니다.
(불실기소자구不失其所者久)

-〈동아시아 도덕경〉을 읽고

발을 그리다.

2022. 1. 13

細雨

2022. 1. 13

변하지 않는 것은 없습니다.
항상 그대로일 수 없습니다.
가끔 이 길에서 방황할 때도 있습니다.
그러나 우리는 길에서 배웁니다.
(도가도 道可道 비상도 非常道)

-〈동아시아 도덕경〉을 읽고

두 손을 그리다

2022. 1. 14. 利雨

2022. 1. 14

낳고 기른 것이 아무것도 없습니다.
가만히 두 손을 바라봅니다.
어머니 땅은 모든 만물을 낳고 길렀지만,
자기 것이라 하지 않습니다.
(생지축지生之畜之, 생이불유生而不有)

-〈동아시아 도덕경〉을 읽고

손바람을 그리다.

2022. 1.15.

細雨

2022. 1. 15

손을 포개어 모양을 만들어봅니다.
새가 되어 날아갈 듯 합니다.
물들이지 않은 명주처럼
다듬지 않은 통나무처럼
두 손으로 쥘 수 있는 것이 그리 많지 않습니다.
(현소포박見素抱樸, 소사과욕小私寡欲)

-〈동아시아 도덕경〉을 읽고

용두산공원 23.14세,
2022. 1. 16.
細雨

2022. 1. 16

남들처럼 살기 위해 많은 노력을 합니다.
더 많이 배우고 더 많이 일하고
소비하기 위해 하루 하루가 바쁩니다.
하릴없는 나는 참 바보같기도 합니다.
(아우인지심야재我愚人之心也哉)

-<동아시아 도덕경>을 읽고

茶 따라, 우함시수.
2022. 1. 17.
細 雨

2022. 1. 17

너무 애쓰지 마세요.
남들보다 커 보이기 위해,
돋보이고 잘나 보이기 위해,
자신을 너무 밀어붙이지 마세요.
차茶 한잔하시는 게 어때요?
(기자불립企者不立 과자불행誇者不行)

-〈동아시아 도덕경〉을 읽고

장갑들 그리다.
2022.1.18.
박윤희

2022.1.18

바라지 않지만(모르겠어요),
무심히 던졌는지 모르지요.
그래도 따뜻하게 건네는 말 한마디...
"수고했어요."
흔적을 남기고 싶은 것이 사람 마음 같네요.
(선행무철적善行無徹迹, 선언무하적善言無瑕謫)

-〈동아시아 도덕경〉을 읽고

2022. 1. 19

나를 아는 것이 밝음으로 가는 첫 걸음입니다.
환히 보이면 뚜렷해집니다.
일할 때도, 쉴 때도 무엇이 우선인지 알게 됩니다.
그러니 조금 쉬어가도 괜찮습니다.
(지족자부知足者富, 강행자유지強行者有志)

-〈동아시아 도덕경〉을 읽고

내 안의 섬세함과 연약함을 잘 알아야 합니다.
중년 이후의 삶은 남성성과 여성성이 함께
어우러져 삶을 이어갑니다.
자신을 잘 돌보세요.
(지기웅知其雄 수기자守其雌 위천하계爲天下谿)

-〈동아시아 도덕경〉을 읽고

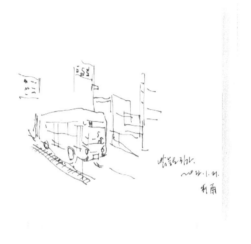

2022. 1. 21

힘든 하루도 있어요.
애썼지만 마음대로 되지 않는 하루도 있어요.
그럴 때, 잠시 멈춰보세요.
(불가위야不可爲也, 위자패지爲者敗之)

-〈동아시아 도덕경〉을 읽고

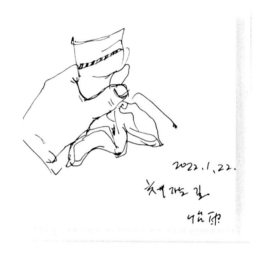

2022. 1. 22.
책 같
남편

2022. 1. 22.

하루가 저물어 갑니다.
내 손을 잡아주던 사람들이 떠오릅니다.
그 따뜻함이 그리운 저물 무렵,
전화 한통으로 소식을 전합니다.
"잘 지내시죠"
(상사문도上士聞道, 근이행지勤而行之)

-<동아시아 도덕경>을 읽고

2022. 1. 23

지켜본다는 것,
그 사람을 마주 본다는 것,
부드러운 바람이 마음을 열어줍니다.
(천하지지유 天下之至柔)

-〈동아시아 도덕경〉을 읽고

2022. 1. 24

익숙한 공간,
하루를 시작하고 마감하는 일터,
가끔은 멈출 때도 아는 지혜로운 사람이 되기를 바랍니다.
(지지知止, 가이불태可以不殆)

-〈동아시아 도덕경〉을 읽고

2022.1.25 강우

2022.1.25

하지 않는 것이 인생에서 도움이 된 적도 있습니다.
무엇인가를 자꾸 하려면 욕심이 생기는 것 같습니다.
욕망이 사라진 고요함이 어떤 경지인지 모릅니다.
그러나 오늘은 잠시 그 평화를 느끼고 싶습니다.

(불욕이정不慾以靜, 천하장자정天下將自定)

-〈동아시아 도덕경〉을 읽고

2022.1.26

낡은 구두 한 짝,
이 겨울은, 한쪽 발이 시렵겠다.
(출생出生, 입사入死)

-⟨동아시아 도덕경⟩을 읽고

산청길, 2022.1.27.
예현

2022. 1. 27

낳고 기르는 것은 자연의 일입니다.
내 마음대로 잘 안됩니다.
가지려는 욕심 때문인가 싶습니다.
(생이불유生而不有, 위이불시爲而不恃)

-〈동아시아 도덕경〉을 읽고

2022. 1. 28

나는 어떤 것에 더 가치를 두고 살아왔을까요?
내가 살아온 삶의 경험이 지렛대가 됩니다.
가질 수 없는 것에 대한 욕망이 강할수록 고통스럽습니다.
지나친 것은 모자람만 못합니다.
(명여신숙친名與身孰親?, 신여화숙다身與貨孰多?, 득여망숙병得與亡孰病?)

-〈동아시아 도덕경〉을 읽고

2022. 1. 29

뜰 앞에 핀 매화,
첫 마음을 끝까지 지킬 수 있도록
두 손 모아 기도해 봅니다.
(신종여시愼終如始 즉무패사則無敗事)

-〈동아시아 도덕경〉을 읽고

아린. 김불돌.

2022. 1. 30. 如律

2022. 1. 30

한때의 모오든 나에게,
잘 버텼다고
잘 살아왔다고
나직하게 불러봅니다.
(위무위爲無爲 사무사事無事)

-〈동아시아 도덕경〉을 읽고

이우

오늘도 ____ 사랑해요

꽃자리 지음

오늘도시리즈
두번째

PART 3

사소한 일상에서
사랑 찾기

꽃 자 리

×

2022년 내 일상의 키워드는 '사랑'이다.
어딘가에 숨어있을 사랑을 찾으며 하루를 산다.

2022. 1. 10

<사랑, 하나>

나는 2022년 키워드를 '사랑'으로 정했다.
사랑하고 사랑을 주는 일의 순환처럼 세상을 살아가면서
더 고귀한 일들이 있을까?
사랑스러운 규빈이가 보내 준 사랑의 순간들을 모아본다.

"엄마, 내 마음이야!"
"규빈아, 사랑해!"

2022. 1. 11

<사랑, 둘>

눈이 내렸다.
출근길 아무 흔적 없는 보도블록에 '사랑'이라고 적어보았다.
누군가 길을 걷다 '사랑'이란 글씨를 보게 된다면
설레지 않을까? 하는 기분 좋은 상상을 한다.
오늘은 나에게 말해주고 싶다.
"사랑해!!"

2022. 1. 12

<사랑, 셋>

오늘은 어머님 생신이면서 우리 결혼기념일이다.
아침에 신랑과 아들 손으로 사랑을 만들어보고
서로 사랑한다고 말해주었다.
시골에 계시는 어머님께 전화를 걸고 용기 내어 말해본다.
"어머님, 사랑해요"
"나도 사랑한다."
때론, 사랑한다고 표현하는 것에 용기가 필요하다.
용기는 더 큰 사랑을 가져온다.

2022. 1. 13

<사랑, 넷>

어제 병원 앞에 점심을 먹으러 온
규빈이가 장미꽃 한 송이를 내밀었다.
생각지도 못 한 선물에 울렁거리는 내 마음.
퇴근 후 집에 가니 청소도 해 놓고
편지까지 준비해서 날 두 번 울렸다.
"규빈아, 사실은 내일도 엄마, 아빠 결혼기념일이야.
엄마, 아빠는 여러 번 결혼했어."
"거짓말하지 마~"
어제의 사랑이 오늘로 전해진다.

2022. 1. 14

<사랑, 다섯>

어디서 왔을까?
씨를 뿌리지도, 꽃을 심지도 않았는데 화분의 가장자리
틈을 비집고 꽃이 피었다. 이름도 어여쁜 사랑초!

작은 씨앗이 꽃으로 피어 사랑이 되어 온다. 내 마음 속 씨앗도 언젠
가는 꽃으로 피어날 테니 가꾸는 일을 멈추지 말아야지.
사랑의 양분으로......

"엄마, 꽃이 자고 이제 일어났어."
"정말? 이 꽃 이름은 사랑초야. 오늘도 사랑해."

* 사진: 최규빈

2022.1.15

<사랑, 여섯>

빛바랜 앨범 속에는 당신이 기억할 수 없는 아버지의 모습이,
젊었던 어머님의 모습이 고스란히 담겨 있군요.

당신의 귀여운 아기였던 모습부터,
초등학교, 중학교, 고등학교, 대학교, 군복 입은 모습까지
함께 천천히 걸어가 본 시간...
오늘 당신에게 건네고 싶은 말, 사랑합니다.

2022. 1. 16

<사랑, 일곱>

언젠가부터 겨울나무의 '드러냄'이 좋다.
나뭇잎을 떨구고 난 후 드디어 보이는 아름다운 모습.
나무가 품고 있는 새의 보금자리.
너희도 함께였구나!
버려야 비로소 보이는 것들...
마음의 군더더기들을 버리고
내 마음의 온전한 '사랑'을 찾는 산책길.

2022.1.17

<사랑, 여덟>

엄마의 말 / 최규빈

엄마가 사랑한다고 말하면 기운이 난다.
엄마가 화나는 말을 하면 기운이 없어진다.

규빈이의 동시를 읽고 웃음도 나고 반성도 하면서
<말>에 대해 생각해 본다.
'말'은 보이지 않지만 '말'이 가진 힘은 대단하다.
사람에게 <말>이 상처가 되기보다는
<말>이 힘이 나게 하는 사람이면 좋겠다.

2022.1.18

<사랑, 아홉>

'까먹지 말자' 하면서 자꾸만 까먹게 되는 날들이 계속된다.
오늘은 또 무엇을 까먹으며 살까?
많은 것을 까먹더라도 소중한 사람들의 사랑은 까먹지 말아야지.
'사랑'만큼은 까먹지 말고 채우면서 살고 싶다.

2022.1.19

<사랑, 열>

뜨거운 여자
뜨거운 마음
뜨거운 감사
뜨거운 오늘
뜨거운 사랑

2022. 1. 20

<사랑, 열하나>

조금씩,
천천히,
너의 자리에서 묵묵히 성장하고 있었구나.
나도 내 자리에서
나의 속도대로 사랑하며 성장해 나갈 거야.
우리 서로 응원해 주자!

사랑초

/ 최규빈

사랑초는 매일 늦잠을 잔다.
사랑초가 빨리 일어나게
알람을 맞춰야겠다.

2022. 1. 21

<열 둘>

낮에 피는 사랑초를 보여주고 싶어서
영상통화를 해 주는 너.
꽃은 따뜻한 햇볕을 받아야 피어난다.
웃음꽃은 사랑 속에서 피어난다.
오늘도 우리의 꽃밭을 가꾸기 위해 사랑의 씨앗을 뿌리자.

2022. 1. 22

<사랑, 열셋>

우연히 사람을 만나고 책을 만난다.
'하루하루 하늘의 선물임을 감사하자'라는
작가님의 사인을 여러 번 읽게 된다.
작가님의 글에서 또 다른 세상을 만난다.
오늘도 감사하며 사랑하자!

2022. 1. 23

<사랑, 열넷>

이리 보아도 내 사랑♡
저리 보아도 내 사랑♡
잔소리 두 스푼 덜어내고
사랑 한 스푼 더 넣어서
사랑 꾸러미의 하루를 보내보자.

2022. 1. 24

<사랑, 열다섯>

오늘은 우리 이름을 바꾸는 거야!
나는 사랑이
엄마는 사랑아
아빠는 사랑해

사랑이~
사랑아~
사랑해~

자꾸만 불러주고 싶은 이름

2022. 1. 25

<사랑, 열여섯>

"힘들면 그만 둘까?"
"엄마, 지금 그만두면 내가 이제까지 한 게 모두 사라지잖아."

가끔은 땡땡이치는 걸 허락한다.
그 땡땡이 덕분에 지금까지 피아노를 배운다.
나는 땡땡이가 좋다.
매일 해야 하는 일상에서 땡땡이는 반드시 필요하다.

2022. 1. 26

<사랑, 열일곱>

"오늘 기분이 안 좋아"
"우리 샌드위치 만들자"
엄마, 아빠 품 안에 아이를 쏙 안아준다.
사랑의 마음으로 안 좋은 기분을 녹여준다.
나는 샌드위치 사랑이 참 좋다.

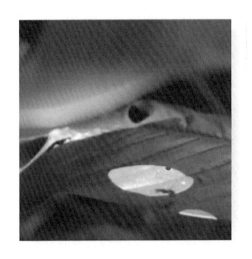

2022. 1. 27

<사랑, 열여덟>

스스로 구멍을 내는 식물 '라피도 포라'
혼자서 햇빛을 독차지하지 않기 위해
스스로 구멍을 내어 아래 잎들에게까지 빛이 가도록 한다.
나도 여기저기 구멍이 난 사람이지만
구멍 난 곳으로 누군가에게 사랑을 보내고 싶다.
구멍 난 것과 구멍 나지 않은 것,
과연 무엇이 완벽하다 말할 수 있을까?

2022. 1. 28

<사랑, 열아홉>

겨울눈의 이불이 되어 주는 '아린'
보온성이 떨어지면 스스로 버리고,
솜털 보송한 새로운 이불을 덮는다.
스스로를 보호하는 힘 '아린'
우리도 각자의 '아린'의 이불을 덮고
겨울눈을 지켜서 꽃을 피워보자!!

2022.1.29

<사랑, 스물>

고향의 하늘만큼 좋은 곳이 없다.
눈을 돌리면 끝없이 보이는 하늘.
콘크리트 벽들로 가려진 곳 없이 두 눈 가득 담는다.
하늘에 박히는 내 유년 시절의 추억 속 사랑을 세어보며...

2022. 1. 30

<사랑, 스물 하나>

아름답다.
어제도 아름다웠고
오늘도 아름답고
내일도 아름다울 것이다.

사랑한다.
어제도, 오늘도, 내일도...
아름다운 시선으로 사랑을 채우며 그렇게 살자.

꽃자리

오늘도 _____ 사랑해요

오일 지음

오늘도시리즈
두번째

PART 4

나의 시간과 꿈

그리고 사랑

오 일

×

나의 걸어온 시간들을 추억하며 돌아보았다.
그 시간 속에서 예쁜 사랑과 이별의 아픔과
그리움을 만나고 나를 위로했다.
현재에 집중하며 나를 사랑하고 가족을 사랑한다.
또 이웃과 온라인으로 소통하며 응원해 주시는 분들께 감사한 시간이었다.
오늘 하루의 도전과 열정이 매일 모여
작은 꿈들을 이루어내는 삶을 살아가고 있다.
나는 그 시간들을 꿈꾸고 마음껏 사랑하고 싶다.
오늘도 사랑할 수 있어서 감사하다.

뜨겁게 나를 응원해!

2022. 1. 10

나와 오롯이 만나는 시간
나를 들여다보고 나를 사랑하는 시간
하루 속에 내가 원하는 모습을 가득 담아
그동안 해보지 않은 새로운 도전을 통해
멋지게 성장할 나를
뜨겁게 응원한다.

-새로운 도전을 향해-

사랑의 이름으로

2022. 1. 11

그렇게 나에게 수줍게 다가와
같은 방향을 바라보며
잔잔한 미소로 응원해 주던 너

잔잔한 바다가 세차게 파도치고
빠알갛게 물든 사계절이 스물다섯 번 바뀌었어도
여전히 내 곁에서 든든히 서있는 너
그렇게 사랑의 이름으로

-사랑의 이름으로-

2022. 1. 12

둘이 셋이 되고
셋이 넷이 되던 날
기억하나요?

온 우주가 다 나를 향해 있고
모든 것이 아름답고 감사한 날

오늘도 함께 있으매 행복합니다.
내일도 행복하고
또 내일도 행복합니다.

-행복이 온 날-

2022. 1. 13

한들한들 꽃 길을 따라 걸으면
어느덧 나도 향기 가득한 예쁜 꽃이 된다.

이 길 끝에선 어떤 사람을 만날까
그 만남은 또 어떤 모습일까

나는 그윽한 향기로 미소 짓게 하는 꽃이 되고 싶다.

-만남의 향기-

2022. 1. 14

언제나 생각만 해도 마음이 따뜻해지고
그곳에 계시다는 이유만으로도
든든해서 미소 짓는 나

'따르릉따르릉'
벨 소리가 길어질수록 걱정이 되고

늘 전화기 너머에서
포근하게 나의 이름을 불러주시면
이 나이에도 나는 어느덧 아기가 된다.

그 사랑을 한없이 느끼며
오늘도 감사하며 기도드린다.

-엄마의 사랑-

2022. 1. 15

글을 쓰는 것은 나를 찾아가는 과정이다.
나의 생각, 나의 모습 그대로와 마주하는 것
또 다른 나를 만나고 위로하고 사랑하는 것
남의 시선이 아닌, 나를 위한 성장의 시간을 선물하는 것

나는 쓰는 삶을 살아가는 작가다.

-작가 예찬-

2022. 1. 16

오늘도 호흡할 수 있으매 감사합니다.

가족 모두 같은 생각 또 다른 생각으로
각자의 소중한 꿈이 있으매 감사합니다.

특별한 일이 없어도 건강하고
아무 일이 없음에 감사합니다.

멀리 있어도 간절히 그리워할 수 있는 사람이 있으매 감사합니다.

식당에서 맛있는 것을 먹을 때
다음에 같이 오고 싶은 사람이 있으매 감사합니다.

감사할 수 있는 겸손함을 주심에 감사합니다.

오늘도 마음껏 사랑하며 영혼이 깨어 있으매 감사합니다.

-감사 기도-

2022. 1. 17

지금도 빈자리는 그대로입니다.
그 자리는 아무도 채울 수 없기에
영영 빈자리로 남겠지요.

헤어질 준비가 안 된 이별은
참으로 마음이 아파요.
오랜 시간이 흘렀어도 아직 보내드리지 못하거든요.

아니, 준비된 이별은 오지 않을 것이기에
다시, 그때로 되돌아간다고 해도
보내드릴 수 없어요.

이 시간, 인자한 미소를 지으시는
아버지가 사무치게 그립습니다.

-이별의 빈자리

2022. 1. 18

다른 사람들을 돕고 베푸는 일을
요란하게 알리기보다는
묵묵하게 사랑으로 가득 채우게 하소서

누가 자기를 알아주지 않더라도
불평하지 않고
자신의 일에 책임을 다하는
진실됨을 갖게 하소서

향기가 진하고 화려한 꽃이 아니어도
은은한 향기를 발하는
그윽한 마음을 갖게 하소서

-사랑. 진실. 마음

2022. 1. 19

가슴 깊이 간직한 꿈을
살며시 펼쳐보고 고이 접어두었다.

마음에만 간직하기 싫어서
다시 활짝 펼쳐놓았다.

펼쳐놓은 일들은 어떻게든 꿈틀거리며 성장한다.

그 꿈이 3년이나 앞당겨져
올해 이루어진다.

귀한 인연들과 함께 하는 꿈 쓰기
소중한 꿈들이 하루하루 한 쪽씩 채워져가고
우리는 추억하고 치유되고
사랑하고 응원하며
함께 꿈을 노래하는 중이다.

-오일의 꿈

2022.1.20

겨울방학 특강이 시작되어 새로운 친구들을 만났다.
너무 멀리 있어서 만날 수 없는 친구도
너무 가까이 있지만 만날 수 없는 친구들도
우리는 이렇게 연결되어 하나가 되었다.

만남을 기대하며 설레었던 시간들
예쁘고 멋진 모습으로 활짝 웃으며 인사를 하니
나도 모르게 미소가 가득하고 마음은 스르르 녹아내린다.

이렇게 우린 하나가 되었다.

-meet-

2022. 1. 21

도전하는 모습이 참 아름답다.
눈부신 조명과
찰칵거리는 소리에
수줍게 미소 짓는 너

거창한 시작이 아니어도
당당하게 환하게 웃으며
어깨를 활짝 펴고
새롭게 나아가라.

그 탁월함을 향하여

- 도 전 -

2022. 1. 22

동그란 눈에 야무진 입술
가장 예쁜 꼬맹이, 나의 '사랑'이가

어느새 커서
대학생이 된단다.

그동안 묵묵히 스스로 알아서
최선을 다한 사랑이가
참으로 대견스럽고 자랑스러워

너의 앞길에 펼쳐질
수많은 희망과 사랑을 축복해

혹시 어려움이 와도 지혜롭게 풀어나가고
열정을 다해 멋진 도전을 할 너를
가장 가까이에서 응원하고 기도할게

사랑아, 사랑해!

-축복-

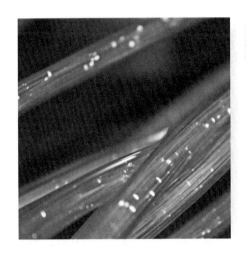

2022. 1. 23

얼굴을 본 적 없어도
우리는 서로 안부를 묻는다.

아주 오래된 사이처럼
우리는 서로 진심으로 응원한다.

미라클 모닝과 독서모임, 다양한 챌린지를 통해
끊임없이 자기계발을 하는 사람들

배우고 경험한 것을 나누고
서로의 성장을 기꺼이 돕는 우리
우리는 그렇게 소통하며 연결되었다.

-connect

2022. 1. 24

바쁘다 바빠!
오늘도 촉박한 시간들을 보냈나요.
앞을 향해 달려가느라
놓친 일은 없나요.

가끔은 가던 걸음을 멈추고
나를 돌아볼 수 있기를

나의 시간은 나의 것!
나의 시간은 오직 내가 만들 수 있어요.

-나의 시간

2022. 1. 25

우리는 모두가 소중한 존재다.
저마다 같은 점도 다른 점도 있다.
평범하지만 특별한 존재다.

서로 '다름'을 '특별'하다고 말해주는 지혜로
서로를 인정하고 위로하고 사랑한다면
함께 어우러져 행복한 오늘을 살아낼 수 있다.
더 나은 내일을 꿈꿀 수 있다.

-함께

우리는 식사를 하면
함께 다정히 걸었다.
맑은 공기와 강바람을 마시며
그동안 있었던 이런저런 이야기를 나누며 산책을 했다.

이제는 혼자 걷는다.
걸으며 옆을 바라본다.
잔잔히 웃으시며 삶의 지혜를
나눠주시던 그때가 그립다.
지금도 옆에서 함께 걷는 듯한 숨결이 느껴진다.

-산책길에서

2022. 1. 27

배움에는 끝이 없다.
배우면 배울수록 더 알고 싶은 것이 많아진다.
어릴 때는 어린 대로
나이 들면 나이 든 대로

좋아하는 일과 하고 싶은 일들을
하나씩 하나씩 쌓아가는 일은
언제나 설레고 기쁘다.
더 많은 분야로 확장되어 나가기를

-배움의 즐거움

2022. 1. 28

일상을 소중히 여기고 일상에서 행복을 느끼는 사람
생각의 유연함과 사고의 확장으로 언제나 열린 사람
나와의 약속을 잘 지키며 매일 성장하는 사람
매일 작은 성취를 이루며 성공을 위한 마음 근육을 키우는 사람
꿈과 희망을 품고 열정을 다하는 사람
자신을 사랑하고 다른 이를 존중하며 이해하는 사람
서로의 마음을 헤아리며 공감을 잘 하는 사람
귀를 기울이며 잘 들어주고 내 마음을 잘 표현하는 사람
지치고 힘든 이에게 따스한 위로를 해주는 사람
이런 사람이 되게 하소서

-되게 하소서

2022. 1. 29

우리에게도 내 인생의 남루한 여행 가방이 하나씩 있을 것이다. 그 누구에게
도 보여주지 않는 것, 싶이 간직한 나민의 추억이 깃든 것, 다른 사람이 보면
하찮게 여길 하지만 누구에게도 보여주기 싫은 나만의 소중한 것, 너무 부끄
러워서 꽁꽁 싸매고 싶은 것, 들키지 않으려고 마음속에 고이 접어 놓은 것들
말이다.

그 여행 가방을 이제는 활짝 열어놓고 다시 한번 점검해 봐야겠다. 나의 모두
를 온전히 드러내어 내 영혼(soul)에 진실과 사랑이 가득 담기도록 채우고 싶
다. 내 영혼의 여행 가방을 누군가가 열었을 때, 따스한 온기와 향기로 담뿍
스며들게 할 진실과 사랑으로 말이다.

-내 영혼의 여행 가방 〈모래알만 한 진실이라도〉를 읽고 쓴 글 중-

2022. 1. 30

포근히 감싸주는 고향의 향기를 느끼며
마을 어귀에 들어서니
저 멀리 대문 앞에서
기다리시는 반가운 어머니의 모습

눈이 녹 듯 스르르 마음이 풀어진다.

유년 시절의 소중한 추억들을 느끼며
마을 이곳저곳을 돌아보니
어릴 적 하얀 꿈들이
오색의 향기로운 꿈들로
알알이 가득 맺혀 있다.

어머니의 사랑으로 소중한 꿈이 자라고
그 꿈을 매일 이루고 또 더 큰 꿈을 향해 나아간다.

-꿈의 열매들

오일

오늘도 _____ 사랑해요

이레나 지음

오늘도시리즈
두번째

PART 5

일곱살 어린이 작가
레나의 이야기

이 레 나

×

일곱 살 레나가 세상을 바라보며 느끼는 그대로
순수하게 지은 시 모음집입니다.
아이만이 가지는 시각에서 신선함과 감동을 느끼게 해 줍니다.
말괄량이 꼬마 아가씨 이레나의 이야기를 함께 나눠요.

널 못보게 되었어

많은 것을 알게 되었어.
늘 걱정이 되었어.
힘껏 달려도 난 널 볼 수 없기 되었어.
내가 날아도 내가 우주까지 가도
난 널 볼 수 없어.
내 마음이 가시같이 아파졌어.
너와 나와 함께했던 추억이
내 마음속을 만져주었어.
난 널 보고있었던 것 같아.
너의 마음 속으로 그렸던 그림.
너를 봐도 너는 내 눈앞에 안보였어.
이제는 끝인 것 같아.
안녕.

-이레나

색깔

사람은 어른이 되면서 색깔이 달라져.
더 강해지는 것 같아.
노랑 분홍 하늘 파랑 좋아하다가
검정 빨강 회색 이런색을 좋아하는 것 같아.

-이레나

폴짝폴짝

새가 날아갑니다
풀잎은 반짝반짝

개구리는 폴짝폴짝
토끼도 폴짝폴짝

또 폴짝폴짝 하는 것은?
나~~~ 레나~~~

-이레나

특별한 가족

우리가족은 특별한 가족이야
우리가족에게는 매일 특별한
일이 많이 일어나니까

-이레나

오징어

오징어를 먹으려고 했는데 면이 따라왔다.
오징어모양을 하고..
면이 오징어가 되고싶었나보다.

-이레나

슬픈표정

내가 엄마에게 혼나고 있었다.
슬픈표정을 했지만 난 너무 쉬가마려웠다......ㅎㅎ

-이레나

짜파게티

짜파게티는 왜이렇게 맛있을까.
짜파게티가 좋아.
좋아 좋아 좋아 좋아.

-이레나

분수

통통 튀는 물방울
통통 튀는 물방울로 산을 그리네

통통 튀는 물방울
통통 튀는 물방울이 연못에 풍덩

통통 튀는 물방울
통통 튀는 물방울아,
너는 이제 어디로 가는거니?

-이레나

외할머니

외할머니는 나의 천사.
외할머니는 다해주신다.

엄마는 안된다고 할때도 있지만
외할머니는 다 된다고 한다.

외할머니는만 생각하면
행복하다.

외할머니랑 있으면
걱정이 없다.

외할머니가
우리집에 매일 오면 좋겠다.

-이레나

하루하루

하루하루는 하나님이 주신 큰 선물이야.

하루하루를 소중하게 생각하고
알차게 보내야해.

그러면 우리의 미래는 밝아.

-이레나

친구

친구의 취향을 맞춰주면 반은 가는거야.

시작이 반이야.
이~~~~만큼 벌써 가는거야.

친구랑 싸워서 속상해 하지말고
취향을 맞춰주려고 시작해봐.

그러면 평화롭고 행복해져.

-이레나

레나가 언니에게

루미언니!
언니는
꽃중에 가장 예쁜 꽃
장미꽃을 닮아 예쁜 것 같아.
언니가 있어서 좋아.

언니 사랑해.

-이레나

공부

엄마, 공부해라 하지마세요.
난 아직 어려요.

공부안하고 하루종일 놀고싶어요.
왜 벌써 열심히 해야해요?
언니되면 할게요.

공부가 엄마랑 나를 멀어지게해요.

엄마랑 놀 때가 더 좋아요.

-이레나

구름

구름이 떨어졌어요.
언제나 구름은
나보다 위에만 있는 줄 알았는데
구름이 떨어졌어요.

내가 구름보다 위에서
날아가요.
콩당콩당 정말 설레요.
자주 구름을 떨어뜨리고 싶어요.

-이레나

엄마가 행복하면 엄마가 행복해

엄마는 내가 행복하면 행복하다구?
나는 엄마가 행복하면 행복해.

엄마가 행복하면 내가 행복하고
내가 행복하면 엄마가 행복한거네.

그러면
엄마가 행복하면 엄마가 행복한거야.

-이레나

연기 천재

미리 그 상황을
머릿속에 상상하면
감정이 저절로 생기는데

별 것도 아닌데
스텝들이
연기 천재라고
칭찬해 줬어요.

그런데 나는
대사가 짧을수록 좋아요.

-이레나

131

오늘은

엄마,

오늘은 유치원 안갈래요.

어제 엄마가
유치원 안 가고 싶은 날
언제든 말하라고 했잖아요.

오늘 안 갈래요.
엄마랑 하루 종일 놀래요.

-이레나

민트색

나는 민트색을 좋아해요

내 친구들은 왜 전부
분홍색이랑 노란색만
좋아하는지 모르겠어요.

좋아하는 색이 달라서
언제나 편해요.

그리고 나는
민트초코도 좋아해요.

-이레나

이렇게 생각해봐

엄마, 설거지가 하기 싫을 때는 엄마가 태양을 닦는다고 생각해.
해도 만져보고 얼마나 기분좋아~

엄마, 청소가 하기 싫을 때는 숲속 엄마가 가장 좋아하는
꽃밭에 있다고 생각해~

엄마, 걸레질이 싫을 때는 엉덩이 왔다갔다 댄스한다고 생각해~

엄마, 우리들이랑 얘기할 때는 책을 읽는다고 생각해.
엄마가 좋아하는 책~

엄마, 비행이 힘들 때는 솜사탕 구름위를 걷는다고 생각해~

-이레나

있잖아요

날 따라해봐요 스마일~
당신은 참 좋은 사람입니다.

-이레나

오늘도 ＿＿＿ 사랑해요

패턴그리는N잡러 지음

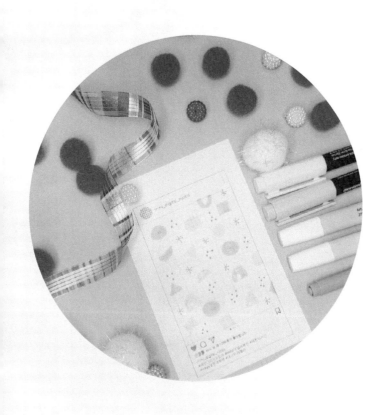

오늘도시리즈
두번째

PART 6

나를 응원해!

패턴그리는N잡러

×

나에게 얘기하는 응원의 메세지를 짤막한 글과
직접 손으로 그린 패턴으로 은은하게 표현해보았습니다.
나에게만이 아닌 책을 보시는 모든 분들이
서로에게 힘이 되는 좋은 메세지가 되길 바랍니다.

2022. 1. 10

새벽기상
새벽기상으로 나는 내 인생을 온전히
내것으로 만들기로 했다.
나의 작은 시작 "점" 들이 모여
한줄의 멋진 선이 되길...

2022. 1. 11

꿈

얼마전,

엄만 꿈이 뭐냐던 딸아이의 질문에

"방울방울" 피어나는 내 가슴속의 꿈!

다시 꺼내볼까..?

2022. 1. 12

무지개
세차게 몰아쳐 쏟아부었던 소나기 뒤에
짠~하고 나타나는 "무지개" 처럼,
열정가득한 나날들뒤에 나타날
나의 멋진 삶을 응원해!

2022. 1. 13

꽃잎
한겨울 꽁꽁 얼었던 나뭇가지에서
한잎두잎 희망을 터트리듯,
내 마음속에도 노오란 "꽃잎"들이
하나둘 피어난다.

2022. 1. 14

바다
저기 깊숙한 "바다"에서
찬란한 보물들을 건져올리는
해녀들의 모습에서
나도 내 소중한 삶을
들어올리겠노라 다짐해본다.

2022. 1. 15

봄날의 스웨터

"봄날의 스웨터"처럼 포근하게
귓가에 속삭인다. '오늘 하루 어땠니?'
똑같은 매일의 연속이지만,
그안에서 희망을 찾는다.

2022. 1. 16

스마일
매일같이 웃을수 있는건,
매일같이 꿈꿀수 있기때문이야.

2022. 1. 17

선물상자
내마음이라는 선물상자에 꽁꽁 묶여있는
예쁜 리본끈을 풀어내면
꿈, 희망, 따스함 가득한 선물이 들어있겠지!

2022. 1. 18

실타래

꼬불꼬불 꼬여있는 실타래로
한땀한땀 정성스레 스웨터를 뜨듯이,
나의 꿈도 한점두점 엮어
예쁜 작품으로 만들어내볼래!

별
우주속에 수많은 별들은
각자 자기자리에서 자기몫을 다하여 반짝인다.
나의 매일의 노력이 다하여
언젠가 수많은 별들중의 하나가 되길...

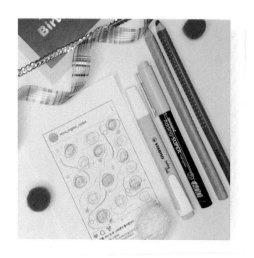

2022. 1. 20

생일
12년전 나에게로 와,
매일 재잘재잘하며 힘이 되어준 너.
오늘은 너의 꿈을 응원해!

2022. 1. 21

패턴

매일 똑같은 패턴속 일상에
나의 꿈 한스푼을 넣어 기록하다보면
성공은 운명처럼 나에게로 올테야.

2022. 1. 22

지그재그
지그재그 갈림길에서
선택은 언제나 나만의 몫!
최고보다는 최선을 위해 오늘도 눈뜬다.

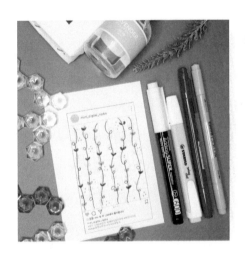

2022. 1. 23

담쟁이넝쿨
곁에 있는 친구들 데리고서
오손도손 함께 뻗어나가는 담쟁이넝쿨,
내 마음속 작은 희망도 같이 데리고 가주렴!

2022. 1. 24

빗줄기
하나,둘 내리는 빗방울들이
큰 빗줄기가 되어 온 마을을 적시듯,
오늘 하루 나의 작은 소망들이 모여
내인생의 빛줄기로 거듭나리..

2022. 1. 25

강물
큰 바다를 향해
소리없이 유유히 흘러가는 강물같이
나의 작은 꿈들도 조용히 큰 성공을 향해 흘려보낸다.

눈꽃송이
하늘에서 하나둘 내려 흩날릴때는
몰랐던 눈꽃송이가,
한줌두줌 모여 멋진 눈사람이 되는 것.
큰 꿈은 그런 작은 희망들로부터 시작되는 법!

2022.1.27

별똥별
거대한 우주밖에서 방황하다
반짝이는 빛을 내며 떨어지는 별똥별처럼
내 마음 한켠 어딘가에서 빛나고 있는
희망의 빛을 나는 발견했다!

2022. 1. 28

계단
하나, 둘, 오르는 계단처럼
꿈은 하나둘 이루어지는것!
급할 것 하나 없네.

2022. 1. 29

선인장
붉은태양아래에서도 굴하지 않고
꿋꿋이 나만의 속도대로 커가는 선인장.
오늘하루, 나도 그를 본받아 열심히 살아간다.

2022. 1. 30

내삶, 새삶
흩어져 있던 나의 인생 조각들이
한 방향으로 모이다보면
내 삶은 새 삶이 될것이야.

깨단그리는N정머

오늘도 _____ 사랑해요

백승진 지음

오늘도시리즈
두번째

PART 7

소년을 담은
어른의 시(時) 선

백 승 진

×

나이를 먹는다는 건 어른이 된다는 건 몸과 육체의 노화가 아니라 철듦이라며 사회에 녹아가며 물질을 좇아갔던 우린 다시 마음만큼은 아이의 시선으로 돌아가야 하는 건 아닐까요. 유심히 관찰하며 바라보니 잊고 있던 것들이 보입니다. 어렸을 때 그토록 어른이 되고자 했던 저는 다시 소년이 되고자 합니다. 눈과 마음을 기울이니 동화 속의 작은 정령들은 너무 작아져 잘 보이지 않지만 오늘 우리를 내일의 우리를 홀연히 위로합니다.

2022. 1. 10

추운 겨울 홀로 서있는 잡초에게 누군가 다가와 이불을
덮어 주고 함께 서 있기로 하였다 함께하는 순간 이름이 생겼다
외롭진 않지만 어려워졌다 우리 관계처럼
어려운 이름 극동쑥혹파리 집

-소년을 담은 어른의 시(詩) 선

2022. 1. 11

길가다 본 머릴 내민 노랗게 핀 잡초
우리는 노랗게 세상을 느낄 때가
새학기 기억 속 머나먼 입학식
이른봄 청초함을 느꼈을때
유년기 기억 속 유치원
나이가 들어서는 노랑은
아찔한 사고의 순간들
아쉬운 작별의 인사들
오늘의 나는 노랗게 물들어가는 세상에
오늘의 너는 그 노랗게 물든 기억 속에
어떤 노랑으로 살아가니

2022.1.12

오늘 우연히 들른 지인의 집에서
뜻밖의 풍선을 선물을 받았다.
나는 마음이 따뜻해졌다.
받은 마음을 어디다 써야 하나 고민했다.
문득 걷다가 도착한 곳에 그 마음을 걸어
그들도 따뜻하길 바랬다.
비록 묶여있을지라도 풍선처럼 자유롭길
그들도 우리도 비록 어두운밤일지라도
꿈에서는 달의 공원에서 춤을 추길.

2022. 1. 13

여름에서 가을로 넘어가는 계절 해바라기가 집 앞에 피었다
만남에서 이별로 되어가는 시절 해바라기는 내 앞에 피었다
문득 생각했다 해바라기가 늘 우리를 바라보는 것이 아니라
사람들의 오고 감에 생긴 길을 따라 앞의 모습만 본다는 것
사람들의 오감 속에 길을 따라 우리의 앞과 뒤를 찾아본다

2022. 1. 14

삶을 살다 보면 정말 중요한 것은
우리 눈앞에 보이지 않는 것들이야
니가 사 온 것들보다 그걸 안고 왔던 너의 마음이었을 테고
곤히 자고 있는 너를 본다는 건 침대 위 니가 아니라 마음 위에 누워있는 너
였을 테니까 지금 내 모습에는 뭐가 보이니

2022. 1. 15

활동이라는 파동들은 촛불을 흔들리게 한다
파동들의 움직임은 외부로만 흐르지 않는다
파동들은 내부까지 울렁임을 침투 시킨다
고독, 쓸쓸함의 기원이 내면과 외부의 이어주는
불이라고 할 수 있다 관계의 상실,
소통의 부재가 외로움의 본질이다
각 개인의 파동의 촛불은 결코 타자에게 진실되게
닿을 수 없다 완벽한 암전에 들어서야 윤곽정도만
파악할 수 있기 때문이다 관조하자, 관조하자.

2022. 1. 16

밤하늘의 무수한 별들이 빛났다 아름답다

그래서일까? 우리가 수많은 다른 생각과 의식으로 된 까닭이
단색으로 벗어나 다채로운 의식들의 많은 이유를,
다만 멀리서 보아야 더욱 아름답고 어두워져야 잘 볼 수 있으니까
사람의 눈과 입은 모난 까닭에 사랑한다면 바라보는 것도 괜찮아.

2022. 17

사랑, 사랑한다 사이엔 간극이 있다 '사랑'은 모든 것을 아우르는 집합이라 하면 '사랑한다'라는 너와 나는 교집합이 되겠다 우린 멀리 있는 것들이 아름답고 형이상학적 가치가 있는 것으로 보인다 한 번씩 드넓은 우주를 바라보면 서 있는 곳이 한없이 작아 보인다 사랑한다라는 교집합 속에 있을 때보다 사랑이라 내던져져 있을 때가 아련하다

모든 만물에 의미와 수를 주는 너와 나이기에

2022. 1. 18

도로 위 지나치고 지나가는 차들의 오감은
마음의 오감이다 지나갔던 날들의 오감은
멈췄다 섰다를 반복하는 차들 중 한 감각은
멈춰서 붉은빛의 정지를 알리는 오감을
나타내면 잠시 멈췄다 주위를 둘러본다
수많은 붉은빛을 내며 정지한 채 방향을
선택하고 있는 우리들의 선택의 순간을
오늘도 붉게 섰다 더 나은 빛을 내려

2022. 1. 19

인생이 뭐냐고 물었다 나는 친구에게 말했다 머리 위에 돌이 쌓이는 거라고
돌들은 하나씩 올라가 짓눌러 사회는 나를 낮게 무겁게 돌담으로 아니면 더
가깝게 대지와 입맞춤을 원하는 건 아니냐고

어느 날 눈이 내렸다 나는 눈이 뭐냐고 물었다 머리 위에 눈이 닿으면 자연
스레 내 마음도 내 몸도 녹는 거라고

있잖아. 우린 무거워도 아직은 무너지지 않아 돌들은 눈송이와 함께 얼어붙
어 녹아 사라지고 있어
겨울 눈이 내렸다 시는 계속되고 돌은 무겁고 그 위에 눈송이가 내린다

2022.1.20

내가 널 만났던 기억들이 떠오른다
해변 위집을 짓고 울타리 안의 내 세계의 집 너는 거센 파도처럼
울타리를 부수고 내 세계로 들어왔다 집은 잠식되었다

다른 세계의 파도는 모래를 적시고 거세지며 울타리와 집을 부순다
울타리는 부서지고 경계는 없어지며 수많은 파도가 행한 부산물 중에
부서진 집, 울타리, 나무 목재, 조개껍질이 남아있다

조개는 기억의 증발을 막으려 굳은 입을 다물고 있었을 테지
조개는 열렸다 세계는 증발되었고 해변에는 다른 집이 서있다
그녀가 남긴 조개껍질을 본다

2022. 1. 21

말이 많은 사람이었다 어느 순간 말의 한계를 알아 버렸다 말로 인하여
상처와 오해를 받고 이해를 못 하며 이것이 언어의 한계이다

두 가지 방법이 있었다 말을 많이 해 언어의 한계를 극복하는 사람 축약과
함축으로 간략하게 단어를 선택해 이야기하는 사람 나는 모든 기억은 부연
설명이 필요하다고 생각했지만 언제 어디서 무엇을 수많은 이유로 나열해
이유를 설명하기보단 압축하는 법을 배웠다

미치도록 힘들고 세상에 깨지고 지칠 때 그에게 달려가 그를 안는다
이 껴안음 안엔 10년이라는 세월이 담겨있다

2022. 1. 22

구름의 모양을 정리하는 사람은 없고
정리를 하지 않는 사람이 나인 것은 모른다

정리를 하려 하지 않고 그냥 걸었는지도
모두들 정리와 정의를 모르는 세상에

혼자만 정리를 깨쳤다 생각했는지도
웅크리고 걷는 나에게 정의 그게
무엇인지 나에게 말해주렴

웅크리고 우는 나에게 정의는 원래
떠있는 구름이라 되갚으니 없어지고
더 되갚으니 비와 나로 떨어진다
나는 당장이라도 정의로 될 자신이 있다

2022. 1. 23

어쩌다 집에 앉았다 2년이라는 시간을 넘어가는 동안 과일, 생식을 해왔다
누구는 나를 보고 비건이라고 했고 비정상이라고 했다 나는 과거를 데려와
현재를 과거에 살았고 미래를 사와 미래를 위해 현재를 살았다

많이 아팠다 몸이 버티지 못해 쓰러졌다 누구는 나를 보고 도인이라고 했
고 누군가는 나를 보고 도움이 필요하다고 했다 사회 보편의 쾌락의 짠 기
에 대한 열망, 이미 아는 관계의 미각에 대한 갈망을 뒤로한 채

깨달은 자와, 나사렛의 목수 앞에 인간으로 섰다 얼마나 흘렀을까, 주차장
거미줄에 올라탄 구형이 되어버린 차를 보았다 나의 페르소나의 역할을 했
던 빛바랜 명품은 고장 났다 몸도 마음도 고장 났다 나는 힘을 냈다

어쩌다 다시 차에 앉았다 마음의 키를 돌렸다 그러니 크리슈나와 아르주나
가 나눴던 대화가 쏟아졌다

2022. 1. 24

내어주는 낙하라며 잠깐의 꽃 핌 이후 낙하한다
떨어진다 추락이 아니라 향을 내뱉는 분무라며
그것은 아슬한 심연의 길이자 아찔한 자유낙하
떨어지며 추락한다는 건 추락이 아니라 추수라며
빈자리에 다른 것이 채워지는 것 수많은 낙하와 분무는
향을 남기며 분무한다 바람과 함께 무지개로 되어갔다
분무하는 수증기를 관통하는 빛에서 봄의 추수를 본다

이른 새벽 봄을 생각하며 백승진
이른 새벽에 봄을 기다리며 백승진

2022. 1. 25

명품에는 미러급이 있단다 거울에 꼭 자신을 비추는 것 같단다
자신의 마음도 미러급이 있단다 노트 속 글처럼 자신을 나타낸단다
하지만 우리는 닿을 수 없다

하지만 안다

처음 무언가를 깨달았을 때 그게 사랑이든 가슴을 뜨겁게 했던
그 무엇이든 우리가 미리 알고 있었던 것들을 깨달았다고
표현한다 무언가를 갑자기 깨달은 건 없다 직관적 느낌이 든다는 건
그대와 나 내재되어 있던 빛에 조금은 닿았다는 반증이 아니겠는가

"가짜와 가짜가 만나도 가짜가 둘이기를
각자와 각자가 살아도 철학이 꼭 중요하기를
이 밤과 저 밤이 달라도 우리는 정말 우리기를
이 도시의 별 없이 밝은 밤이 밝혀주는 게 이 밤이기를"
어느 유명 래퍼의 아름다운 철학 앞에 우리가 창조한 빛의 파동에 흔들리지
않는 원래 있었던 내면의 광원을 찾아본다

2022. 1. 26

어두운 밤 차량 소리에 떠밀려
놀라 맨발로 섰다

거리는 깨어나기 시작하고
오감을 멈춘 차들은 몇대나 보았다

더는 보기가 힘들었다
다시 방으로 돌아갔다

어두운 밤보다 더 어두운 방에는
온기 품은 이불과 생각을 담은 베개가 있다
시켜 먹다 남은 꿈과 상해 가는 미래도 있다
음식에서 나는 악취는 방까지 파고든다

악취가 사그라들 때 다시 일어난다
차가운 바닥에 맨발로 서있는다

따뜻한 가슴으로 발의 감각을 느끼며
따뜻한 미래를 감싸 안을 새신을 기다린다

그래도 현실의 공부를 하다 백승진

2022. 1. 27

책상 앞에 앉았다 연신 담배만 태운다
음식까지 참아내고 이겨냈는데 담배를
이겨 내는 게 정말 힘들다

담배 연기를 쉴 틈 없이 뿜어낸다
짙고 짙은 그레이 속에 은빛으로 빛나길
갈망했던 13살 어린 꼬마는 20년이 지난 지금까지
은빛 그레이의 찾고 있었는지도

어린 꼬마의 영웅심과 빛나려 시도했던 그레이는
세월이 지나 중독으로 되어갔다 중독은 삶의 일부로
선행을 꿈꿨던 어린 청년에서 연기(緣起)를 본다

회색빛 페인트를 본다 들숨에는 짙은 그레이
날숨엔 더 짙은 그레이를 연기의 환영은 멀어지고 평범속에 있다
꼬마의 은빛 그레이는 흩어지고
청년의 폐와 마음속 회색의 페인트
자국을 본다

독서하다 백승진

2022. 1. 28

블라디미르: 우린 여기서 할 수 있는 게 없네.
에스트라공: 어딜 가도 마찬가지지.
블라디미르: 고고, 그런 소리 말게. 내일이면 다 잘 될 거니까.
에스트라공: 잘 된다고? 왜?
블라디미르: 자네 그 꼬마가 하는 얘기 못 들었나?
에스트라공: 못 들었네.
블라디미르: 그 놈이 말하길 고도가 내일 온다는군.
그게 무슨 뜻이겠나?
에스트라공: 여기서 기다려야 한다는 뜻이지, 뭐.

사무엘베케트 고도를 기다리며
미완성의 건물위 고도에서 비행기와
그걸 따라가는 갈매기에서 고도를 보다

2022. 1. 29

한 노파의 이야기를 들은 적 있다
한 노파가 외출했다 돌아오면 자기 냄새를 맡는다는 것이다
아무도 자신에게 관심 갖지 않는 이유가
자신의 몸에서 냄새가 나서는 아닌지 확인하는 이유에 서란다
모든 상실의 과정이 결국 나의 상실로 이어진다

밤이 되는 건 괜찮다 날이 저무는 건 무섭다
밤도 아닌 저녁도 아닌 夕의 거울 앞에서 자신의 냄새를 맡다
거울 앞에서 이야기한다
"나에게 무슨 냄새가 나니"

거울을 보다 지나간 자와 지나가는자를 생각해보다 백승진

2022. 1. 30

수많은 강의 이름이 있지만 모든 강이 흘러 바다로 가는 건 안다

파도가 방파제가 부딪혀 무수히 많은 포말로 대지를 적셔 증발하더라도
그것이 바다였다는 건 변함이 없다

비록, 굽이 흐르는 유센 강 속으로 이탈되더라도
비록, 거센 파도가 대지에 붙어 이탈되더라도

그대와 나 하나의 바다에서 온건 안다

비록, 삶이 지치고 힘들더라도
비록, 사회가 잊으라 강요하더라도

그대와 나 잠시 잊더라도 그건 잠시 일탈이라는 것을
그대와 나 증발되는 순환처럼 복원될 것이라는 것을 안다

그대와 나를 응원합니다 백승진

백승진

오늘도 _____ 사랑해요

아트혜봉 지음

오늘도시리즈
두번째

PART 8

New World를 위한

도움닫기

아트 혜봉

×

이제는 좀 달라지고 싶었습니다.
너무 어지럽고 두려웠고 화가 나기도 했지만..
먼저 내 생각들과 감정들을 만나야만 한다는 것을 알았습니다.
용기를 내어 21일간-나의 생각과 감정들을 꺼내어 봅니다.

2022. 1. 10

우리가 다시 사랑할 수 있을까..?

2022. 1. 11

내가 너희들을 잘 키울 수 있을까..?

2022. 1. 12

내가 이 그림들을 완성할 수 있을까..?

2022. 1. 13

사실은 너무 힘들고 지쳐..
모든 것들이 너무 두렵고 막막해..

2022. 1. 14

엄마아..
나 내일 엄마 보러 가려고..
예쁜 내 엄마..
내일 만나~사랑해..♡

2022. 1. 15

이제는 좀 쉬어도
괜찮을 것 같아..

2022. 1. 16

고마워~나의 보물들..♡
너희들을 더욱 존중하도록 노력할게..♡

2022. 1. 17

잔잔해도-괜찮아..
나는 잘 가고 있는 것 같아~

2022. 1. 18

조급함으로 나를 너무 닦달하지 말자..
시작이 되는 것도-일이 되는 것도-
모두 합당한 때가 있는 게 분명하니까~

2022. 1. 19

세나야 엄마가 미안해..

2022. 1. 20

어쩌면.. 뻔한 길로 가지 않는 것이..
나의 힘과 능력이 될 수도 있을 것 같아.

2022. 1. 21

나를 괴롭게 하는 사람을 처리해야 하는 걸까..
Calm down..내 감정을 처리해야 하는 걸까..

2022. 1. 22

1. 어떻게 한 번에 되겠니..
과정과 단계가 있다는 것을~늘 잊지 말자고.

2. 남들의 열심과 성공을 보고 쫄지 말고..

3. 꿈은 원래.. 말도 안 되는 것을 꾸는 게 꿈이야..
그러니까~꿈은 좀 오버해서 꿀 것!

4. 새로운 도전이든. 계속되는 도전이든.. 뭐든 괜찮아.
멈추지 말고~Keep going.

2022. 1. 23

한번 믿어볼까..?

2022. 1. 24

나의 세나.하루.다엘아..
요리를 못해도 엄마는 엄마란다..
많이 속상하고 아픈 일이 생기면.
꼭 엄마에게 와..

2022. 1. 25

글과 그림에는..살리는 힘이 있지.
글과 그림으로..답하며 살아갈게♡.
고마워..그리고 사랑해..♡.

2022. 1. 26

끝이라고 생각했는데..
늘 끝이 끝이 아니었어~^^
다시 시작해-!!
오늘부터 다시 시작해~^^
지금부터 다시 시작해~^^

2022. 1. 27

이제는 나에 대해서~생각해 보는 거..어때?
이제는 나를 사랑해 보는 거 어때..?
나를 아끼는 연습을 하나씩..
나의 매력들을 꺼내는 연습을 하나씩..
천천히 해보자고. ^^

2022. 1. 28

나에게-원하는 것~한 가지.를 묻는다면..
오늘은.. "만남의 축복을 주세요.. ^^"라고..
기도할래..

2022. 1. 29

미완성이면 어때~
다른 걸 다시 그리면 되지..ㅎㅎ

2022. 1. 30

눈으로 표정으로..어떻게 아직까지 살 수 있냐고
묻는 몇몇이 있어..근데..살 수 있더라고..
오늘도 나는 살고 있더라고..^^
고난과 상처로만 가득한 나의 시간들이였다고 생각해 왔는데..
어쩜..남겨진 사진들은..이렇게도 에쁘기만 한지..
앞으로 행복할 시간이 더 많이 남아있다는 말을-붙들며. 살아보려 해- ♡

*PS-하루야~2022.1.30.오늘 행복했니?^^
너의 10살 생일을 진심으로 축하해..♡

우리 딸..너무너무 사랑하고 축복한다♡

아드레봉

오늘도 ＿＿＿ 사랑해요

신수연 지음

오늘도시리즈
두번째

PART 9

나를 깨우다

신수연

×

무덤덤하게 지나쳤던 일상 속에서
순간마다 생각하기 시작했고,
그때그때의 감정들을 수용하기로 했다.

2022. 1. 10

가르쳐주지 않아도
자신의 손을 인지하기 시작하고
주먹을 폈다 오므렸다 휘적휘적
경이로움...
최선을 다해 순간의 시간을 살아가는.

2022. 1. 11

그래. 천천히,
순서대로 차근차근 하면 돼.
조급해하지마.

2022. 1. 12

"김밥 사세요!
어떤 색으로 드릴까요?"

내 표정 살피며 말하는 아이에게
"저는 하얀색으로 주세요."

그렇게 또 하루를 보낸다.

2022. 1. 13

내 시선은 끝은.

같이의 지금,
감사합니다.

2022. 1. 14

완성을 향한
과정 중에 있을 때의
그 몰입하는 순간이 좋더라.
내가 좋아하는 것이라면.

2022.1.15

동글동글.
이렇게 되기까지는 얼마나.

어른이 되면
당연히 동글해질 줄 알았다.

지금 내 마음은...?

반복해서 연습하고
연습해야만
몸에 배듯 할수 있게 되는것.

일상의 모든 일이 다 그런 듯하다.
감정 조절하는 것까지도.

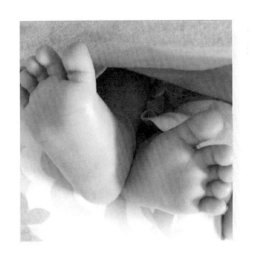

2022. 1. 17

너와의 눈 마주침,
살이 올라 통통해진 손과 발,
작게 숨쉬는 것조차 사랑스러워.

너를 보고 있는 지금
나는 행복한 사람.

2022.1.18

왜 하는거야?
왜 그렇게 해?
왜...?

자연스럽지 않은 것에서
자연스러움 찾기.

2022.1.19

아이가 아프면 큰 일이 되버린다.
내가 아프면 별 일이 아닌데.
견뎌내는 아이 모습이 짠하고 대견하고
한편으론 내 탓같고 그렇게 속상하다.
자라는 과정의 한 부분인데
마주하게 될 때마다 가슴이 철렁.

2022. 1. 20

안다.
다 내가 선택한 것임을.

알면서도
그때 처한 현실
그때의 인연
그때의 말들
탓하고 싶고
원망스럽기도 하더라.

2022.1.21

마주치는 이 없고
차가운 공기와 함께
청량함이 느껴지면서
조용한 가운데 들리는 파도소리.

겨울바다가 좋다.

2022. 1. 22

"우리 만나요.
차 한잔 하면서 사는 얘기 나눠요."

이 한마디 하는게
갈수록 더 어려워지고 있다.
아니면
말할 기회가 줄어들고 있는 건지
아니면
낯선 한마디가 될지.

2022. 1. 23

보고 느끼며
만지고 생각하는
지금을 사는
아이만의 걸음

2022. 1. 24

색, 모양이라는 힌트가 주어진
답의 한 조각, 한 조각

딱 맞는 자리를 찾아
맞춰나가는 과정을 반복하면
완성이 된다.

그러려면
포기하지 않아야 한다는 것.
맞는 자리가 아니면
다시 찾으면 된다는 것.

차라리 퍼즐은 쉽다.
힌트가 주어지니까.

2022. 1. 25

당신의 취향은
무엇입니까?

내 취향은 알아가는 중.

2022. 1. 26

처음엔 그렇게
너의 모든 행동 하나하나에
환호하고 박수를 쳤었는데

안된다고 하지마라고 다그친 적이
많았던 건 아닌지.
들어주길 바라는 말 한마디
지나쳐 버린건 아닌지.
미안해, 사랑해.

둘째가 생기니 더
너도 나도 서로 눈치보며
하루보내기.

2022. 1. 27

문득
아무것도 안하고 있는 순간이
언제였던가.

2022. 1. 28

풀잎의 색은
초록색만 있는게 아니야.

너와의 산책은.

신수연

오늘도 _____ 사랑해요

꽃마리쌤 지음

오늘도시리즈
두번째

PART 10

그림책과 노닐다

꽃마리쌤

×

새벽 기상으로
하루를 일찍 시작하는 습관을 만들고 싶었고,
그림책과 한 줄 생각을 남기고 싶었습니다.

사라지는 것들

2022.1.10

살다 보면, 많은 것들이 변하고 사라진다.
내가 울다가, 웃는 것처럼.
휙 지나가 버릴 지금을 살자!

-〈사라지는 것들〉 읽고

2022. 1. 11

앗, 실수!
괜찮아, 괜찮아!

실수는 시작이기도 해. 그렇지?
나에게도 그리고 아이에게도
'괜찮아'라고 자주 말해주어야지.

-〈아름다운 실수〉 읽고

2022. 1. 12

"넌 이 작은 새랑 정말 친했구나,
작은 새가 죽어서 몹시 외로웠지?"

누군가의 슬픔에 고개 끄덕여주고
공감해 주는 것이 '위로'가 되어 준다.
수많은 말보다 힘이 세니까.

-〈곰과 작은 새〉 읽고

2022. 1. 13

"왜 울어?"
"따뜻해서..."

뽀드득 뽀드득 눈사람을 만나고 싶다.

-〈눈아이〉 읽고

2022. 1. 14

"너 꿈꾸고 있지?"
"아니야, 난 이야기를 모으고 있어."
눈을 감아 봐.
내가 너희들에게 햇살을 보내 줄게.
찬란한 금빛 햇살이 느껴지지 않니?

'틀린게' 아니라 '다름'을 이해하는 것!

-<프레드릭> 읽고

2022. 1. 15

"아무리 애를 써도 잠이 오지 않는 밤이 있어.
모두가 잠든 밤에 혼자만"

꼭 잠들지 않아도 괜찮아
말하지 않아도 서로를 헤아리는 귀한 마음

-〈별 낚시〉 읽고

너는,
혼자가 아니야
우리 함께 가자!

2022.1.16

슬픔을 치유하는 '함께'라는 기적.
사람은 서로를 살리며 살아간다는
작가의 말처럼.

우리 함께 가요.

-〈Life 라이프〉 읽고

"감당할 수 없는 큰 문제가 닥쳐오면. .
바로 눈앞에 있는 사랑하는 것에 집중해."

이 책을 읽고 나를 더욱 사랑하기로 했다.
나는 소중하니까.

-〈소년과 두더지와 여우와 말〉읽고

벽은
처음부터
없었어

2022.1.18

"저 벽 뒤에 뭐가 있는지 아니, 여우야?"

내 앞에 놓인 수많은 벽들.
벽 너머 세상으로 호기롭게 발을 떼어 본다.

-〈빨간 벽〉읽고

2022. 1. 19

'곰씨는 토끼들 앞에서 그동안 말하지 못했던
속마음을 하나하나, 천천히 말했습니다'

누군가와 즐겁기 위해서는 간혹
솔직해질 용기가 필요하다

-〈곰씨의 의자〉 읽고

적 . 당 . 한 . 거 . 리

2022. 1. 20

"네 화분들은 어쩜 그리 싱그러워?"
"적당해서 그래"

우리네 사이처럼!
적.당.한.거.리

-〈적당한 거리〉 읽고

2022. 1. 21

'이 세상에서 단 한 사람, 바로 너란다'

아마도, 정말 아마도 너라면
지금 내가 꾸는 가장 멋진 꿈을
이룰 수 있지 않을까.

-〈아마도 너라면〉읽고

2022. 1. 22

'네가 해야 할 일이 한 가지 더 있단다'

주어진 삶을 살아내고,
살아가면서 '세상을 좀더 아름답게 만드는 일'

-〈미스 럼피우스〉읽고

2022. 1. 23

"너와 함께한 하루하루,
너와 함께한 한 달 한 달,
내겐 모두 기적이었어"

나도 엄마가 처음이라,
엄마 노릇은 쉬운 일이 아니다.
여전히 어설프기 짝이 없는 엄마지만,
사랑만큼은 늘 주련다.
너희들은 기적 그 자체란다.

-〈너는 기적이야〉 읽고

2022.1.24

'비에도 지지 않고
바람에도 지지 않고'

우리가 모두 '멍청이'처럼 산다면,
세상이 더 평화롭지 않을까?

-〈비에도 지지 않고〉읽고

평화란,

2022. 1. 25

평화란,
내가 태어나길
잘했다고 하는 것

사랑하는 사람과 언제까지나 함께 하는 것.

-〈평화란 어떤 걸까〉 읽고

2022. 1. 26

'너는 단지 너라는
이유만으로 특별하단다'

나는 존재만으로 특별해!

-〈너는 특별하단다〉 읽고

나다운

2022. 1. 27

'요호! 나는 고슴도치 야'

나다운 나를 위하여!

-〈고슴도치 엑스〉 읽고

2022. 1. 28

"내가 여기에 있어요.
아무라도 좋으니..
위를 봐요!"

더불어 살아가는 삶 속에
기적은 늘 일어나!

-<위를 봐요!> 읽고

기다립니다...

2022. 1. 29

'나는 기다립니다. 사랑을'

나는 기다립니다. 나다운 나를.

-<나는 기다립니다> 읽고

팔랑팔랑

2022. 1. 30

'꽃잎이 팔랑팔랑
옴찔옴찔, 킁킁!'

살랑살랑 봄이 기다려진다

-〈팔랑팔랑〉읽고

꽃마리쌤

<책만들기파워업 1기>

21일 동안 작가님들과 함께 할 수 있어서 감사합니다

희망찬봄이네
이우
꽃자리
오일
이레나
패턴그리는N잡러
백승진
아트혜봉
신수연
꽃마리쌤